句集

大き地球儀

藤原しげみ

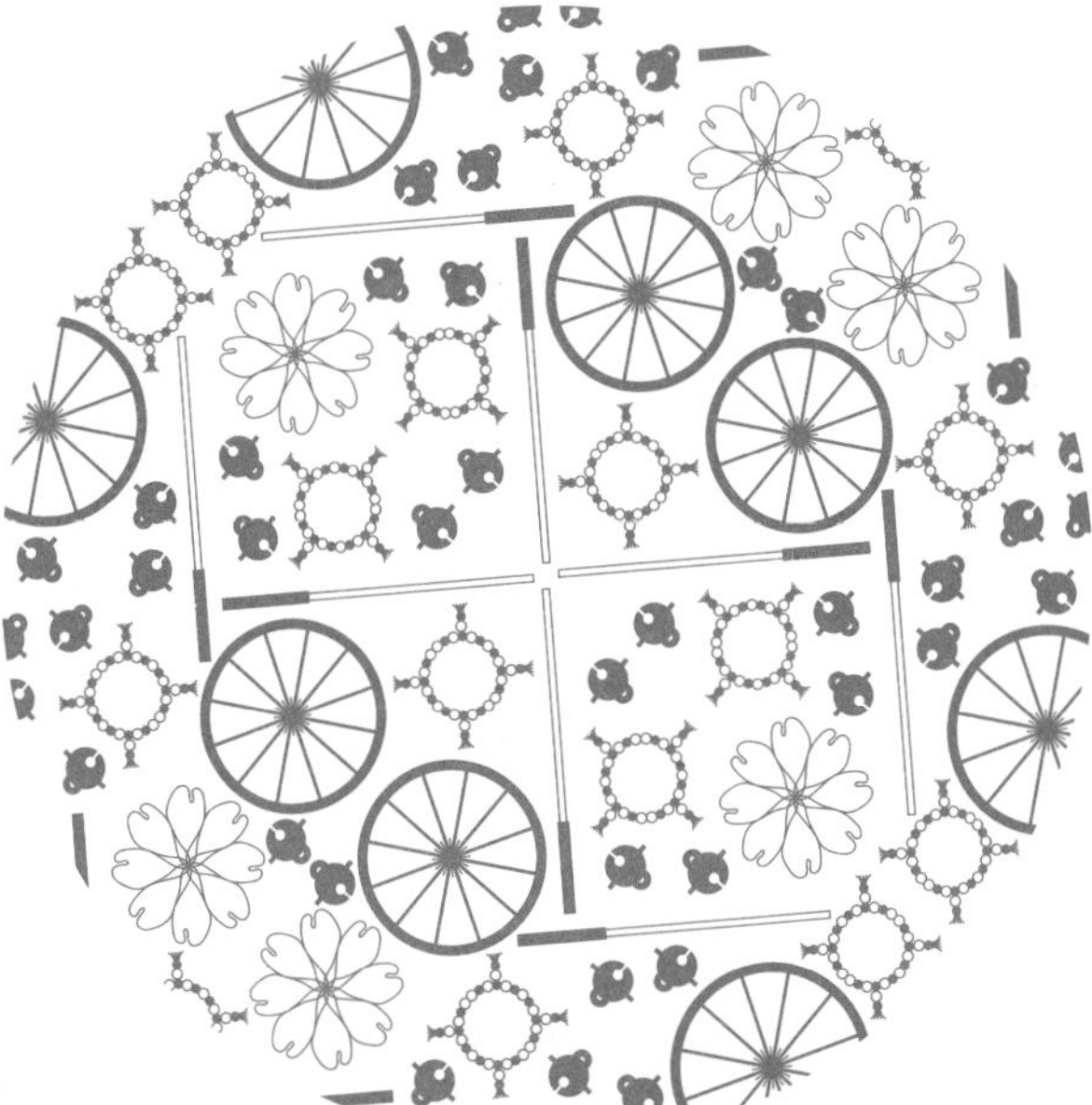

文學の森

序

昭和五十三年、観音寺市の市民講座に俳句教室が開講されているのを知り、俳句に関心のあったしげみさんは、早速これに参加して勉強することになった。一年間の受講を終了した後、教室仲間であった人達の染川句会（主に観音寺市在住の人達の俳句会で、「椿」主宰であった三浦恒礼子先生が指導）に入会して、俳句の勉強を続けることになった。

恒礼子先生は勤務先の松山市より月一回、観音寺市に来て染川句会を指導されていた。先生は句会の始まるまでよく付近を散歩され、しげみさんはそれにお供することもあって、直接、先生の指導を受ける機会が多かった。やがて「椿」に入会し、投句するようになる。

その作品、「「椿」のころ（一）」から。

初旅や車窓に凧の空見つつ
舳をそろへ日暮を待てる鵜飼舟
絵日記のための手伝ひ夏休
松影の障子にしかと十三夜
入念に子の手にもぬる胼薬

また、菊作りに勤しんだ多くの佳句が見られる。

菊作る土ごしらへに日脚伸ぶ
梅雨兆す菊の植ゑ替へ終へしより

菊の鉢二百十日の土間に満つ
朝な朝な色増す鉢の菊に立つ
添竹を逸れたる不出来菊ひらく

「「椿」のころ（二）」から。

屋敷神まづは祀りてお元日
縫初の糸一はじき衿替ふる
うす紙に眉目透けゐる雛納
入学に大き地球儀届きけり
そろへ脱ぐ白緒の草履御田植
退院ときまりし夏至の入日見る

しげみさんの「「椿」のころ（一）」「「椿」のころ（二）」の作品は平明にして味わい深い。これは純粋な気持で対象を捉え、作為の片鱗も挟まない故であろう。
　これら初期の句から「五剣山に春」に至る作品の推移に、明らかな進歩のあとが見られ、作品に危うさがなく、何れもしっかりとしていて、作者の充実した時期を諾うことができる。

初護摩の火の粉の中に僧うかぶ
坪庭に梅一輪の日向あり
兄弟に転勤辞令二月尽
印を押す献眼書類春浅し
動かざる雲を五剣山に春寒し
藤棚のゆるる風入れ大書院
献体の柩出でゆく若葉雨
来翰の厚きに意あり桜桃忌
屠蘇の座に金髪娘膝正す

成人式終へ振袖に祖父見舞ふ

一般に、加齢と共に自ずから感覚の衰えを自覚するが、一方、時として円熟した作品を作り出されることも希ではない。「麩まんぢゅう」の句は地味ではあるが、生活を詠んだ佳句が随所に見られる。

初音して続かぬあとを風の音
春疾風焼香の髪逆立つる
聖五月二十歳に贈るネックレス
万緑や天守押し上げ野面積
草虱顔中につけ犬逸る
柚子熟れて空の碧さを深めたる
霜月や検査検査と攻められて
不揃ひのさはなる柚子の湯に浸る

菜の花や夕日負ひくる郵便夫
惜春の句座もてなしの麩まんぢゆう
時鳥聞くと日記の一行目
半農と言ふも早苗饗にぎやかに
籠枕古び畳もふるびたる

「命ありけり」から。

子の顔を真上に麻酔覚め冴ゆる
麻酔さめ命ありけり春を待つ

しげみさん（大正十五年生れ）はすでに九十歳。掲句は平成二十七年に思わぬ恙での入院手術も無事済んで、麻酔から覚めた無上のよろこびが二句に横溢している。他に、

申請のスナップ写真春寒し

入院の十日の留守に貝母の芽
ふるさとの仏間に姉妹大朝寝
向日葵の千のひとつがこちら向く
栗を剝く推敲の筆休ませて

しげみさんは平成十二年の「うまや」入門以来、「うまや」の句友と四国遍路の接待を通じて親交を深め、皆に信頼されてきた優しいお人柄である。遍路を詠んだ佳句も多い。

口紅をほのかに遍路笠まぶか
接待へ辞儀ふかぶかと去る遍路
お遍路の行く先々に木の実落つ
しんがりに来る子を負へる秋遍路
土佐路ゆく遍路に揚がり冬ひばり
子遍路も爪立ち献じ燭涼し

夏草に標溺るる遍路みち
一団は尾張弁なる秋遍路
冬うらら遍路の憩ふ力石
白露なる堤を遍路列正し

最後に、しげみさんの更なる精進を祈って序文とします。

平成二十八年立春の日

石垣青葙子

句集　大き地球儀＊目次

装丁　杉山葉子

句集

大き地球儀

「椿」のころ（一）

昭和五十五年〜五十九年

初旅や車窓に凧の空見つつ

菊作る土ごしらへに日脚伸ぶ

飛石のひまにころころ蕗の薹

頬染めて子らの縄とび春寒し

引き潮に洲のひろごれる蘆の角

海よりの風を背にして防風摘む

植ゑ替へし鉢に降り出す春の雨

行平に粥の煮えたつ春の風邪

鳴りわたる出仕の法鼓常楽会

樵より届きし榲彼岸くる

終ひ湯のぬるきに浸り花疲れ

春愁を断たんとひとり旅に出づ

口紅をほのかに遍路笠まぶか

接待へ辞儀ふかぶかと去る遍路

渓ふかく磨崖仏訪ひ春惜しむ

茶覆の見え来し車窓宇治近し

めでたさや男の子誕生牡丹咲く

夫の忌を修す新茶の封を切り

本堂に忘れ杖あり若葉風

惜しみなき摘果に袋掛すすむ

梅雨兆す菊の植ゑ替へ終へしより

煎薬の匂ひの中に梅雨ごもり

点心に柿の葉鮓もほととぎす

万緑や札所は堂の上に堂

舳をそろへ日暮を待てる鵜飼舟

ねんごろに巻かれて小さき落し文

普請場の陰の筵に三尺寝

崖の上にのりたる館河鹿鳴く

せせらぎの音に目覚めて峡涼し

絵日記のための手伝ひ夏休

干し上がる大笊の梅日の匂ふ

山門に写経の案内芙蓉咲く

普請場の人の声高今朝の秋

流灯のまたたきながら遠ざかる

菊の鉢二百十日の土間に満つ

月を待つ町の灯遠き堂縁に

師の著書に押す蔵書印灯下親し

あづまやに黙して二人月を待つ

松影の障子にしかと十三夜

天心にうす雲かかり後の月

朝な朝な色増す鉢の菊に立つ

添竹を逸れたる不出来菊ひらく

お遍路の行く先々に木の実落つ

停めおきし車へ落葉散り重ね

香の立ちてならぶ藍壺虫名残

更けし夜の湯ぶねにひとり虫名残

落葉焚く煙をくぐり僧去りぬ

磴上りゆくに笹鳴二手より

はかどらぬ帳簿の整理日短か

入港の船はや灯し日短か

入念に子の手にもぬる胼薬

「椿」のころ（二）

昭和六十年〜平成二年

屋敷神まづは祀りてお元日

縫初の糸一はじき衿替ふる

賽銭の背を打つつぶて一の午

籠居に筆とる二三寒見舞

露天湯にをみなの三人春の雪

荘の庭よりけものの径初音かな

門とざす妻籠本陣春寒し

うす紙に眉目透けゐる雛納

大ぶりの春子届きぬ杣家より

芽柳や古き水路の城下町

寺町に医院開業つばめくる

入学に大き地球儀届きけり

任地へと旅立つ今朝を初つばめ

閉ぢあへぬ一辨吹かれ夕牡丹

そろへ脱ぐ白緒の草履御田植

干拓地に降る雨ほそし夏ひばり

禅堂へ安居の僧にみちびかれ

網代笠ならべ掛けあり安居寺

墨を濃く書きぬ子の名を形代に

点滴を受くる手の冷え走り梅雨

退院ときまりし夏至の入日見る

梅漬くる年々これの大甕に

大塔の陰にかや吊り草あそび

甕に貼る梅を漬けたるメモ書きを

祖父知らぬ子に祖父語り墓洗ふ

足場組む屋根より人語秋の風

写生子の去りし山門法師蟬

しんがりに来る子を負へる秋遍路

本堂の夕かなかなにはや閉ざし

菜園の草引き残しちちろ鳴く

田仕舞の煙ながるる先に塔
新米の入荷の札を店頭に

寝待月女ばかりの並び寝に

鴛鴦の水尾引く二つづつふたつづつ

写生子に初大火鉢置かれたる

冷ゆる身を薬の匂ふ湯に沈め

蕭条と波の暮れ初め鴨群るる

参殿にもつるる袂七五三

小春日や庭師指図の尼機嫌

土佐路ゆく遍路に揚がり冬ひばり

山荘の冬菜畑の畝短か
献茶もて始まる読経宗鑑忌

一夜庵裏の洩れ日に笹子鳴く

一つ散りひとつ咲き出で寒牡丹

五剣山に春

平成三年～十一年

初護摩の火の粉の中に僧うかぶ

待春の仏の肩にうすぼこり

節分会われにも朱盃廻り来る

梅二月一書形見にいただきぬ

過去帳にたしかむ回忌春浅し

坪庭に梅一輪の日向あり

初音きく写経の無の字つづくとき

兄弟に転勤辞令二月尽

修復の天守燦たり梅日和

雛の間修忌の部屋と隣あふ

印を押す献眼書類春浅し

しばらくは箸をおよがせ白魚食ふ

動かざる雲を五剣山に春寒し

波音に耳をあづけて防風掘る

城址の園に派出所初ざくら

人絶えて御手の乾く甘茶仏

簷を葺く杉の真青に花御堂

こぼれ来て饒舌やまず恋雀

山ざくらの影おく句碑をなぞり読む

うぐひすの呼応を四方に峡明くる

滝の上に人現れぬ山ざくら

藤棚のゆるる風入れ大書院

たかんなに耳門を入りし足とられ
山門を入る総身に新樹光

献体の柩出でゆく若葉雨

ほととぎす不眠のままに空白む

河鹿鳴く女人高野の橋渡る

来翰の厚きに意あり桜桃忌

豆飯を好みて傘寿なほ健に

衛士詰所閉ざして御陵梅雨深し

塩茹でにして空豆のさみどりに
恋蛍檜山の闇へ高揚がり

二の声は遠き音となり時鳥

大岩をひとり占めして鮎を釣る

あがりたる雨に汚れて落し文
凌霄の炎上地にも火をこぼす

浴衣縫ふ針目粗しと思ひつつ
ひとつづつ返す干梅火のごとし

浴衣着し子の男ぶり見上げけり

鷺草の飛翔うながす風の立つ

子遍路も爪立ち献じ燭涼し

借覧の書をかたはらに籠枕

三伏の磴落蟬のうらがへる

吊り見する蚊帳吊草に尼機嫌

流灯のひとつが哀れ橋くぐる

子らも来て五十回忌の茸飯

大寺の屋根より発し鰯雲

子の呉れし折紙多彩敬老日

小鳥来る滝の飛沫をくぐりては

介護士の老との応へ爽やかに

焚きくるる香や書院の月の句座

坊守に作務衣のひと日鵙日和

人力車湯元に屯十三夜

萩刈つて古墳の起伏あらはなる

すでにして傾く日射し障子貼る

しぐるるや湖北の町の石畳

銀山は昔天領冬紅葉

炭爆ぜて献茶の点前はじまりぬ

屠蘇の座に金髪娘膝正す

宝前の榾火を囲み初閻魔

成人式終へ振袖に祖父見舞ふ

旧正の宿のくすり湯昼を混む

紅梅に人白梅に吾立てり

達磨忌の茶掛の達磨うしろ向き

子の耳にピアスの光り合格す

如月や子の部屋にある旅かばん

合格の子と約したる旅に立つ
山家集読みしは昔西行忌

門に入るまなざし射られ白牡丹

病む母に牡丹へ障子開け放つ

郭公や標ここより行者径

更衣古稀の心を弾ませて

昼寝覚夫の遺影に見下ろされ

新涼の写経終へたる筆洗ふ

琴二面置かれ書院の爽やかに

いわし雲海の向かうに讃岐富士

繋がれし方舟ひとつ沼の秋

秋海棠馬籠は水の豊かなる

新蕎麦やうつばり黒き峠茶屋

雲を追ふ雲にあそびて後の月

川へだつ宿の湯けむり十三夜

初雁のみじかき棹に声なさず

分校の軒借りて吊る柿簾

結婚を明日の子と酌む温め酒

冬の梅まびらき空は澄みわたる
綿虫の迫りくる時むらさきに

世話人ら寺の法被に焚火守る

麩まんぢゅう

平成十二年〜二十五年

師の句碑へ師の在すごと御慶のぶ

天井に護摩の火とどく初不動

手品の種見えて喝采新年会

寒稽古卒寿の声のよく響き

客人に酒蔵ひらく梅日和

赴任地は土佐とや子より梅便り

余寒なほ紙漉く水の音奏づ

三椏を庭に咲かせて紙の町

梅一枝遺影に添へて句座設け
料峭の城の潜り門軋み開く

初音して続かぬあとを風の音

昼ともす紙燭の百余花の苑

春疾風焼香の髪逆立つる

磴の上につづく磴あり花吹雪

まんさくや遠山の襞あきらかに
夕朧渚の鴉なに漁る

春昼の輪唱わらべ唄となる

勾欄を濡らす卯の花腐しかな

遊学の子より近況夏に入る

聖五月二十歳に贈るネックレス

卯の花や蔵窓高く開きたる

老鶯の雨に遠音となる札所

万緑や天守押し上げ野面積

梅雨籠り奇譚の一書読了す

休田のぺんぺん草を風奏づ
老鶯や庫裏に集ひの靴溢れ

黎明の一声高くほととぎす

梅落す莫蓙に木洩れ日をどりけり

蛍待つ闇に高まりゆく瀬音

大般若経曝し経櫃虚ろなり

夏草に標溺るる遍路みち

扁額の南面山に風涼し

職退いて自適の日々を熱帯魚

朝顔の三鉢の蔓のからみ合ふ

風蘭の風くる縁に経写す

ねんごろに経本補修盆来る

山気澄む青からす瓜磴に垂れ
稲架ぶすま組まれ大塔遠くしぬ

一団は尾張弁なる秋遍路

柿熟れて狼藉鴉来はじめぬ

貼り替へて公民館の障子かな

草虱顔中につけ犬逸る

柚子熟れて空の碧さを深めたる

霜月や検査検査と攻められて

小六月旅に逢ひたる木偶廻し

冬帽子深めにかぶり試歩に出づ

枯蓮風の高さに力尽き

冬紅葉山湖鏡のごと平ら

冬うらら遍路の憩ふ力石

札所より落慶案内十二月

不揃ひのさはなる柚子の湯に浸る
野の一戸日の丸掲げ成人の日

顔ぶれの金毘羅歌舞伎春を待つ

涅槃図の猫を指しつつ絵解僧

貝母の芽うながす雨となりにけり

菜の花や夕日負ひくる郵便夫

初蝶の草に沈みてそれつきり

城石垣の反り美しき花吹雪

花馬酔木文学の道坂ばかり

春雷の一撃真夜を覆す

春愁の手帖うづむる些事大事
惜春の句座もてなしの麸まんぢゆう

覗き見る画架に春色溢れをり

聖五月教職に就く子より文

白牡丹句碑のかたへに今盛ん

時鳥聞くと日記の一行目

柿若葉無住となりし坂の家

橋詰に消防屯所行々子

溝浚へ終へし門川亀の浮く

流れきし蛍火ひとつ手に掬ふ

半農と言ふも早苗饗にぎやかに
籠枕古び畳もふるびたる

朝蟬や留守を預かる厨ごと

風鈴に雨くる兆しにはかなる

夏座敷久闊に抜く赤ワイン

忌の墓前舞ひつつ去らず黒揚羽

折り上がる鶴の大小夜の秋

火伏地蔵へ賽銭ころげ秋の風

鬼灯を鳴らせば古里蘇る
山上駅そこより吾亦紅のみち

白露なる堤を遍路列正し
鈴虫の高ぶる夜の更けにけり

投函のうしろの闇に虫すだく

勅使門開かずに威あり紅葉寺

豊の秋乳鋲の錆びる御成門

そぞろ寒出仕の僧へ遠会釈

潰えすすむ蔵の軒端や実千両

しぐるるや置薬屋のよく喋る

内陣に一灯澄める宗鑑忌

声高に僧と遍路と焚火の輪

冬紅葉天空にある滝頭

掛大根山家の日ざし逃げやすき

数へ日の予定変更また変更

再建の堂の木の香や寒うらら

大雪の夜なり柚子湯に遊びけり

露天湯のざわめきを逸れ雪女

命ありけり

平成二十六年〜二十七年

初詣手をとられゆく丸太橋

寒暁の鐘に寺町動きだす

初電話婚儀決まりし声弾む

寒に入る今宵はたてよ薬風呂

大寒や百円バスに吾ひとり

子の顔を真上に麻酔覚め冴ゆる

麻酔さめ命ありけり春を待つ

もたらせる二月礼者のちらし鮨

野焼いま堤かけゆく火となりぬ

展望の春の霞の中に御所

梅が香や別墅の門のひたに鎖し

試歩に立つ庭の荒れざま蕗の薹

申請のスナップ写真春寒し

入院の十日の留守に貝母の芽

耳鳴りに囀り遠くなりにけり

些事大事つづき寄せきて二月尽

花冷や外出にマフラー軽く巻き

古びたる大内雛の坐り良し

稚児の列ながながつづき風光る

春昼の発声練習病快き

春光に見返り阿弥陀頬ゆるむ

糸ざくら僧肩すぼめくぐりぬけ

里帰りして門の灯の暖かし

春昼の庫裡人気なく魚板打つ

春蝉に写経子筆を止めにけり

しげしげと顔見て泣く子春の行く

ふるさとの仏間に姉妹大朝寝

茶山へと老の遠出や昭和の日

麗らかやダム湖に盥舟ふたつ

結願の高野へ詣で春惜しむ

小綬鶏や将軍塚は森の奥

滝音の近づく山路濃山吹

発破跡しるき里山万緑裡

忌の膳の筍飯は母の味

うから等に祝ぎ事つづき聖五月

楼門に今刻太鼓風薫る

風涼し随神門の幣ましろ

蛍火の友を待つ間も増えて来し

向日葵の千のひとつがこちら向く
木洩れ日に立浪草は波立つる

雨燕飛び交ふ軒端山迫る

源流の奥処は知らず合歓の花

息災を喜び滝のしぶき浴ぶ

子ら去りて広々とあり夏座敷

手垢つきし辞書の形見となる晩夏

どの径も白く乾きて林泉炎暑

門火焚くひとりの夜の闇深し

手花火と門火の跡と朝の庭

雨意の風ゑのころ草の踊り出す
福耳は親譲りよと生身魂

福耳に在す露座仏つくつくし

返り見る城へ尾を引きいわし雲

篠笛の余韻に出でて虫の闇

萩盛り堂へ飛び石千鳥がけ

柴垣の奥の百幹竹の春

栗を剝く推敲の筆休ませて

松手入れ宝前に立つ大脚立

温め酒下戸もいつこん祝ごと

句碑めぐる木の実踏みては拾ひては

露天湯に里人も来て冬の宿

鐘楼へ茶の花垣のつづきをり

花八手ひとり暮しの門暮るる

あとがき

　昭和五十三年、長男に家業を任せ少し心にゆとりが出来た機会に、好きな俳句を勉強しようと市民俳句講座を受講し、一年間勉強しました。その後、「椿」主宰の三浦恒礼子先生のご指導を受け、「椿」に入会しました。「椿」の大会や吟行に出席し、句友も出来、充実した毎日でした。

　そして、恒礼子先生のご紹介で「雪解」に入会、投句を始めました。そこでも大会や吟行に参加し、楽しい日々を過ごし多くの思い出を作りました。平成二年に「椿」が廃刊となり、「雪解」のみの投句が続きました。その間、井沢正江先生、茂恵一郎先生のご指導を受け、現在は古賀雪江先生のご指導を受けています。

平成十二年には「うまや」に入門し今村泗水先生に師事、現在は石垣青葙子先生のご指導を受け、大会や吟行にと楽しく参加しています。

この度、上杉茎子様に句集上梓を勧められ、一寸のためらいもありましたが、子供達に背中を押されて決心しました。長い人生を生きた証として、拙い句集ではありますが残せることを、この上もなく幸せに思っております。

上梓に当たり、青葙子先生には一方ならぬご指導を賜り、中條弘子様には何かとお手伝い頂き、心からお礼申し上げます。また、「文學の森」の皆様に大変お世話になりました。ありがとうございました。

平成二十八年二月

藤原しげみ

著者略歴

藤原しげみ（ふじわら・しげみ）　本名　シゲミ

大正15年　香川県生まれ
昭和54年　「椿」入会
昭和55年　「雪解」入会
平成12年　「うまや」入門
平成27年　「うまや」特別賞受賞

現　在　「うまや」「雪解」同人
　　　　俳人協会会員

現住所　〒768‐0061
　　　　香川県観音寺市八幡町3‐2‐41
TEL＆FAX　0875‐24‐1068

句集　大《おお》き地球儀《ちきゅうぎ》

発　行　平成二十八年四月十五日
著　者　藤原しげみ
発行者　大山基利
発行所　株式会社　文學の森
〒一六九-〇〇七五
東京都新宿区高田馬場二-一-二　田島ビル八階
tel 03-5292-9188　fax 03-5292-9199
e-mail mori@bungak.com
ホームページ http://www.bungak.com
印刷・製本　竹田　登

ISBN978-4-86438-526-8　C0092